Aus der Ebbe der Flut

Andreas Schärer

Aus der Ebbe der Flut

© 2003 Andreas Schärer
Satz, Umschlagdesign, Herstellung und Verlag: Books on Demand GmbH, Norderstedt
ISBN 3-0344-0228-7

Eine kleine Kugel

Eine kleine Kugel kam auf die Welt, rein und leuchtend weiß. Mami und Papi Kugel lieben die Kleine sehr. Täglich spazieren sie durch die Straßen und erfreuen sich an den Reaktionen der anderen Dorfbewohner.

Papi Kugel sitzt eines Tages mit seiner Kleinen zusammen, und versucht seinem Liebling etwas Wertvolles für ihr Leben mitzugeben.
So sagte Papi Kugel: „Vergiss nie, als was du auf die Welt gekommen bist. Bleibe dir treu; denn nur so wird man dich wirklich respektieren."

Die kleine Kugel kommt in die Schule. Und schon sehr schnell beginnt sie sich zu verändern. Neue Wörter, die sie in ihrer Sprache verwendet, ihre Körperhaltung und der Hit ist, kantig zu sein. So ändert die kleine Kugel auch ziemlich schnell ihr Aussehen und wird zu einem Würfel.

Zu Hause fragen sich die Eltern: „Was haben wir falsch gemacht?", doch ihre kleine Kugel beginnt erst jetzt mit ihrer Suche, sich in ihrem Leben zu finden. Neue Typen und neue Trends lernt sie kennen und von weiß zu grün, dann rot, verändert sie sich, bis sie schließlich kunterbunt wurde.
Die Schulzeit ist vorüber, und das Berufsleben zeichnet einen neuen Lebensabschnitt.

Der Chef ist ein sehr cooler Typ, und er sagt zu dem Würfel:
„Viereckig ist nicht mehr gefragt, dreieckig ist modern. Nur so gehörst du dazu!"

„Was bleibt mir da noch übrig?", denkt sich das „eckige" Kügelchen.
Ein Außenseiter will sie ja nicht sein. Und so wird der Würfel zu einem Dreieck.

Die Jahre vergehen, und das Dreieck wurde reifer. Doch es war nie so richtig glücklich; denn in seinem Herzen ist es ja eine Kugel. Immer wieder musste es an seinen Vater denken, der ihr so oft den Satz: „Bleibe dir treu!" vorgehalten hatte.

Sie wurde älter und älter, hat sie sich in ihrem Leben gefunden?
Mit den Jahren und durch seinen Willen stumpften die Kanten und brachen ab. So wurde das Dreieck wieder zu einer alten, aber farblich vollendeten und leuchtenden Kugel bis an ihr Lebensende.

Benny und Floyd

Benny und Floyd sind zwei Freunde, und sie haben beschlossen, gemeinsam einen Ausflug zu unternehmen. Sie packen ihre sieben Sachen und ziehen los.
Am Bahnhof ihres kleinen Dorfes steigen sie in den Zug ein. Es ist noch ein ganz alter Wagen, in dem sie sitzen.
„Wenn die Sitze sprechen würden, was für aufregende Geschichten könnte man da hören", sagt Floyd zu Benny.
Die zwei haben kein bestimmtes Ziel und lassen alles auf sich zukommen, besonders Überraschungen. Stumm sehen beide aus dem Fenster, das in einen Rahmen eingefasst ist, welcher übersichtliche Zeichen der Zeit aufweist.
Auf ihrer Reise entdecken sie aufs Neue, wie schön eigentlich die Natur ist und erfreuen sich daran.
Die alten Eisenräder der Wagen schlagen einen Rhythmus, der sie schläfrig macht; und so schlafen beide einige Zeit. Als plötzlich die Bremsen des Zuges kreischen, wachen sie auf.
Der Schaffner ruft: „Reisende nach ‚Im Garten des Lebens' bitte aussteigen!"
Sie schießen auf und wissen: Hier wollen wir aussteigen.
Die alte Dampflokomotive röchelt und schnauft. Der Rhythmus der Räder beginnt wieder langsam mit seinem regelmäßigen Schlag.
Hinter dem kleinen Fenster im alten Eisenbahnwagen winkt ihnen ein kleines Mädchen zu; sie hat Tränen in den Augen.
Der Zug verschwindet in der Ferne und noch einmal hören sie, wie die Lok zum Abschied pfeift.
Auf einer blühenden Wiese steht ein Ortsschild und da steht: „Willkommen im Garten des Lebens."
Ein dürrer Holzpfeil zeigt die Richtung zum Garten. Neugierig marschieren die zwei los. Sie kommen durch einen Wald.

Die Bäume sehen alle aus, als seien sie Soldaten. Sie stehen in einer Reihe am Wegesrand, als wollten sie ihnen sagen: „Es verlässt keiner die Straße!"
Als sie am anderen Ende des Waldes angekommen sind, sehen sie ein großes Herrenhaus auf einem Hügel und davor ein Labyrinth. „Der Garten des Lebens."
Auf einer Holztafel steht: „Tretet ein, in der Mitte beginnt der Sonnenschein."
„Hoffentlich holen wir uns keinen Sonnenbrand", sagt Floyd grinsend.
Sie beschließen, sich auf dem Hügel beim Herrenhaus wieder zu treffen. Nur müssen sie zuerst durch den Irrgarten gehen, der aus grünen Hecken gewachsen ist. Die einen Sträucher haben Dornen, die anderen blühen. Zu Beginn sind Benny und Floyd noch beisammen; doch schon kurze Zeit später ist jeder für sich unterwegs. Und so beginnt die Zeit des Gartens.
Es hat überall alte Spiegel auf den Wegen. Benny nimmt sein Taschentuch hervor und putzt einen davon an einer dornenen Hecke.
Doch als er in den Spiegel schaut, sieht er sich als schreckliche Kreatur. „Oh, hallo! Weißt du, wer ich bin?", fragt eine Stimme aus dem Spiegel.
Etwas verwirrt und zögernd antwortet Benny: „Du siehst fast so aus wie ich; doch warum bin ich so hässlich?" „Ich bin ein Teil von dir, komm, gib mir deine Hand!", antwortet der Spiegel. Kleine Dornen zerkratzen die Hand des Jungen.
„Nein, nein!", schreit Benny in den Spiegel und geht weiter.
Auch Floyd kommt an einem Spiegel an einer blühenden Hecke an.
„Guten Tag, weißt du, wer ich bin?", fragt ihn dieser. Floyd schaut hinein und findet sich richtig gut aussehend.

„Ja, natürlich weiß ich das, das bin ich." „Ich bin nur ein Teil von dir, komm, gib mir deine Hand", bat ihn eine liebliche Stimme. Und ein sehr süßer Blütenduft zieht in die Nase von Floyd, sodass es ihm beinahe übel wird.
Benny und Floyd begegnen immer wieder diesen Spiegeln. Und jedes Mal sehen sie entweder sehr gut oder hässlich aus. Die Spiegel werfen die beiden von Seite zu Seite.
Beiden ist es übel von dem süßen Duft der blühenden Hecken, und ihre Hände sind zerkratzt von den dornigen Hecken. Jeder Spiegel sagt ihnen immer den gleichen Satz: „Gib mir deine Hand."
Zwei Wege führen in der Mitte des Gartens auf einen Platz mit einem Brunnen und einer Bank. Da treffen sich Benny und Floyd auch wieder. Die beiden sehen sehr mitgenommen aus. Ihre Hände zerkratzt und die Gesichter bleich vor Angst. Doch sie sind glücklich, wieder zusammen zu sein.
Erschöpft setzen sie sich auf die Bank neben dem Brunnen. Die Sonne spiegelt im Wasser und für einen kurzen Moment schließen sie ihre Augen. „Hier scheint die Sonne, das muss die Mitte sein", murmelt Benny leise vor sich hin.
„Dieses Hin und Her macht mich noch verrückt", sagt Floyd und geht zum Brunnen, um seine zerkratzten Hände zu waschen.
„Das ist euer Leben!", hören sie eine Stimme aus dem Brunnen.
„ Hallo, ist da jemand!", schreit Floyd etwas wütend, jedoch ängstlich.
„Gebt beiden die Hand, der blühenden und der dornigen. Das sind die zwei Seiten in jedem von euch und den Menschen, die ihr voll und ganz akzeptieren lernen müsst; denn wenn ihr mit beiden Seiten umgehen könnt, findet ihr den Weg durch den Garten und durch das Leben."

Sie wollen heraus da, doch wie? Keiner dieser Spiegel lässt sie in Ruhe.
Benny und Floyd sehen sich an, beide wissen, dass sie dasselbe gefühlt und gehört haben. „Versuchen wir es?", fragt Benny seinen Freund.
Nickend stehen sie auf und gehen auf die Spiegel zu und strecken ihnen ihre Hände entgegen. Ruckartig packt der Spiegel der dornigen Hecke die Hand und will sie zu sich ziehen. Doch der Spiegel der blühenden Hecke zieht ihn an der anderen Hand zurück. Die zwei sehen in die Spiegel der blühenden Hecke, dann in die dornige und stellen fest, dass in beiden Spiegeln sie sich selber sehen, so wie sie sind.
Keine Schmerzen der Dornen und ein angenehmer Duft der blühenden Seite.
Ihr Pulsschlag beruhigt sich wieder und so stehen beide ruhig und ausgewogen, wie eine Waage, in der Mitte der beiden Hecken. Langsam macht Benny den ersten Schritt. Ein glückliches Gefühl durchdringt seinen Körper; denn er hat wieder festen Fuß gefasst. Kein Hin- und Hergeworfenwerden mehr. Und er fühlt sich so ausgeglichen.
An so vielen Spiegeln gehen sie mit ausgestreckten Händen vorbei. Ihr Selbstbewusstsein stärkte sich von Mal zu Mal mehr. So verstanden beide auch den Spruch am Anfang des Gartens, und mit diesem inneren Sonnenschein verlassen beide den Irrgarten und stehen vor einem alten Gärtner und einem Herrenhaus mit einem märchenhaften Aussehen.
„Guten Tag, ihr beiden", begrüßt der Gärtner sie freundlich.
„Na, wie hat es euch gefallen?", fragte der alte Mann.
Etwas geschockt, doch mit einem Lächeln auf dem Gesicht, stehen die beiden Freunde vor dem Gärtner und sehen ihn nur an.
„Kommt mit mir mit, ich werde euch etwas zu trinken besorgen!"

Sie setzen sich unter eine Pergola und genießen das frische Wasser, das ihnen der Gärtner gebracht hat.
„Es war schrecklich!", sagt ganz plötzlich Benny.
„Ich weiß, habt ihr noch etwas Zeit?", fragt der Gärtner.
„Ja, aber sicher", ist die prompte Antwort der beiden.

„Ich will euch die Geschichte erzählen, wie dieser Garten entstanden ist.
Früher war hier nur eine große blühende Wiese. In diesem Haus wohnte eine Familie mit zwei Söhnen. Der eine war ein Draufgänger, wurde sehr leicht zornig und hatte am Kämpfen großen Gefallen gefunden. Sein Bruder hingegen war der sensible Typ. Seine Stärke waren das Schreiben und die Poesie, mit Kämpfen konnte er nichts anfangen, er versucht es lieber mit Worten und beide Brüder waren sehr eitel. Täglich standen sie vor dem Spiegel und genossen ihr Aussehen. Die Eltern machten sich große Sorgen um die beiden; denn der eine wollte immer gleich zuhauen, und der andere war ja so empfindlich, wenn man etwas Negatives zu ihm sagte.
Bevor der Vater starb, bat er einen weisen Mann um Rat. Nach einiger Zeit besuchte dieser die beiden Brüder, und stellte fest, sie wollten sich nicht mehr ändern. Er berührte beider Hände, und schon bald geschah das Unfassbare. Bei jedem bösen Ausbruch des einen Bruders begann eine Hecke mit Dornen zu wachsen und eine blühende bei jeder guten Tat des anderen. Das währte so lange, bis beide einander verziehen hatten und für immer entschliefen.
Jeder Mensch, der jetzt durch den Garten geht, findet früher oder später seine Mitte."
„Haben wir unsere Mitte auch gefunden?", fragt Benny.
„Ihr werdet es feststellen, sobald ihr zurückgeht", erklärt der Gärtner.

„Die Sonne ist am Untergehen, ich denke, wir müssen nun nach Hause", meint Floyd.

„Gibt es keinen anderen Weg, eine Abkürzung oder so", fragt Benny leise.

„Der Weg durch den Garten ist der einzige zurück", sagt der Gärtner.

Die beiden sehen sich ängstlich an.

„Macht euch keine Sorgen, geht nur, ich glaube, es wird schon gut gehen", meint der Gärtner.

Die zwei Freunde bedanken sich nochmals bei ihm und ziehen los. Mit glänzenden Augen spazieren die beiden im Garten des Lebens. Ein innerer Frieden begleitet sie. Die Mitte in sich gefunden, balancieren sie und genießen den Weg durch den Garten des Lebens.

Ihr Leben, das gestern, heute und morgen eine Mitte braucht.

Haben Sie Ihre Mitte schon gefunden?

Schenke dem Leben ein Lachen

Der Himmel ist schwarz gemalt von Wolken, die mit Wasser getränkt die Sonne ersticken, kleine Flüsse fließen die Gassen hinab. Hüpfend von Blatt zu Blatt die Tropfen des Regens.
Sie legen sich auf Blumen, Wiesen und Wälder, um sie zu tränken.
Glanz auf der Welt, alles spiegelt sich im Wasserkleid. Die Luft so frisch und rein; mir scheint, die Erde atmet. Doch die Gassen sind leer, keine Menschenseele zu sehen. Und wenn ich doch einmal ein paar Gesichter sehe, sind ihre Mundwinkel sehr, sehr tief.
Ich schaue in den Himmel hinauf und frage mich: „Warum hast du, der das Wetter macht, so einen Einfluss auf die Stimmung der Menschen?"
Ich höre eine Stimme aus dem Himmel, die zu mir sagt:
„Diese Stimmung, die mache nicht ich; das seid ihr Menschen, die sie in euch tragt. Negatives Denken, Neid, Zorn, Eifersucht und vieles mehr sind die Wurzeln eurer Stimmung."
„Und du hast sicher eine Antwort auf dieses Problem?", fragte ich in Gedanken.
„Das Problem liegt in jedem Einzelnen, ich gebe dir nur ein kleines Gedicht mit; und wenn du immer daran denkst, so werden deine Mundwinkel immer nach oben sehen, wie du zu mir.
‚Schenke dem Leben ein Lachen, und es geht dir leichter in vielen Sachen.
Halte fest die Sonne in deinem Herzen, und du verträgst vieles besser, auch so manche Schmerzen.
Und hat ein anderer auch mehr als du, freue dich für ihn, denn nur das macht Sinn.

Und hast du ein Tief, weil es in deinem Leben nicht gut lief, dann lassen ich und der Sonnenschein dich sicher nicht allein.'"

Auf dem Regenbogen der Wahrheit

Über mir die Sterne in der Krone der Dunkelheit,
unter mir das Lichtermeer der Welt.
So sitze ich hier, im Mantel der Nacht auf dem Regenbogen der Wahrheit.
Ich sehe sie lachen, doch ihre Herzen höre ich weinen.
Ich sehe sie stolzieren wie Könige, doch ihre Schatten sehen wie gebrochene Bettler aus.
Freundlichkeit, viel Freundlichkeit fällt mir auf.
Ist die echt?
Wenn ich hier nur säße und mir dabei nichts denken sollte, wäre ich da allein?
Was immer sie sagen oder was sie erzählen, muss das so sein?
Gibt es keine Ehrlichkeit mehr? Ist es das was die Gesellschaft erwartet?
Warum wollen denn die Menschen immer mehr sein, als sie sind?
Sich so zu akzeptieren, wie man ist, sollten wir schon unseren Kindern beibringen, denn dieser Schein, mehr zu sein, hat einen zu großen Schatten. Doch wer will das schon hören!
Da sitze ich nun auf dem Regenbogen der Wahrheit, und das Echo meiner Gefühle schreit laut in die Nacht hinaus:
Warum, warum, warum …

Aus der Ebbe, der Flut

Mit dem Wind im Nacken spaziere ich am Meeresstrand. Die Sonnenstrahlen wärmen meinen Körper und mein Herz. Die Wellen überschlagen sich, weißer Schaum umschlingt meine Beine. Wie kalt ist doch die Welle!
Sie bewegt sich endlos hin und her. Das Rauschen ist die Stimme des Wassers. Fein geschliffene Steine, die die Fluten glatt und rund formten, liegen am Strand. Warmer Sand klebt an meinen Füßen, ich denke an dich.
Eine Melodie aus der Ebbe, der Flut trägt der Wind an mein Ohr, an mir vorbei und schenkt sie noch so vielen, doch nur wenigen bedeutet sie etwas.

Der Strand wird mit farbigen Badetüchern zugedeckt. Sonnenschirme, so weit das Auge reicht, Hunderte von Menschen im Wasser, spielen und erholen sich. Auch den Abfall bringen die Leute, doch die Kübel sind ja so weit entfernt und wie schnell sich doch in diesem feinen Sand ein Loch graben lässt.
Musik ertönt aus den Strandlautsprechern. Zum zehnten Male höre ich den Sommer-Hit, Unterhaltung für die Menschenmenge.
Welch ein Tag!

Der Abend beginnt, die Sonne sinkt hinter den Horizont. Immer weniger Menschen sind am Strand zu sehen. Die Sonnenanbeter verlassen als Letzte mit roter, besser gesagt sehr roter Haut ihren Platz. Da sie ja jedes Jahr wie ein Poulet im Körbchen aussehen wollen.
Farbige Lichter vom Strandcafé, die sich in den Wellen spiegeln. Das Nachtleben ist im vollen Gange. Der Strand ist

leer, von Spuren gezeichnet: die letzte Sandburg glättet das Meer.
Und du, für immer rauschendes Meer, deine Stimme verstummt nie. Die Zeit vergeht, sie kommt und geht an dir vorbei. Und wieder sinkt ein Schiff, geladen mit Gütern, Chemie oder Öl und verschmutzt dich zum x-ten Male. Und zerstört alles Leben in dir. Bist du jetzt auch ein totes Meer?
Langsam ziehen sich die Wellen zurück, und die Spuren am Strand verändern sich. Die Menschen kommen und gehen, was sie hinterlassen, geht oder bleibt. Noch lange schreist du aus der Ebbe, der Flut! Doch niemand wird dich hören, oder doch?

Blitz und Donner, wir sind die Natur

Glänzender Asphalt, kühle Nässe auf den Dächern der Häuser. Mit unbeherrschter Energie und Kraft küsst du Wald, Gewässer und Wiesen. Wie mit einem Zauberstab schlagen funkelnde Äste in die Erde ein. Dein Donner ist der Schrei des vollbrachten Lichts nach dem Blitz.
Welch ein Naturschauspiel, du in der Hauptrolle, mit Begleitung gespielt von Wolke, Wind und Regen. Da und dort erblasst die Nacht, es donnert im Himmel und spiegelt im Wasser.
So sagst du uns: Blitz und Donner, wir sind die Natur. Die ihr so rücksichtslos zerstört. Gebt Acht, was ihr mit uns anstellt; denn wir sind ohne Gefühle. Wir geben, wann wir wollen und zerstören ab und zu. Doch ihr Menschen gebt ab und zu und zerstört, was ihr wollt. Ihr seid nur Pickel auf dem Erdengesicht, und die sehen gar nicht gut aus. Wollt ihr uns zeigen, dass ihr auf eigenen Beinen stehen könnt?
Wir brauchen diese Bestätigung nicht. Wir wünschen uns nur das eine: Dass dieser Pickel auf unserem Gesicht so schnell es geht zu einem lachenden Munde wird.

Nimm und akzeptiere

Nimm und akzeptiere das, was die Natur aus dir geformt hat.
Nun beginne zu leben und gib deiner Hülle einen Inhalt.
In jedem Menschen lebt die Schönheit.
Warum suchst du sie nur im Spiegel?
Auch dich wirst du finden.
Du bist wer, also sei so, wie du bist, denn so bist du am Schönsten.
Und nicht so, wie dich die anderen haben wollen.
Lebe dich pur, mit deinen Stärken und Schwächen.
Es ist deine ganze Persönlichkeit.
Und du wirst garantiert angenommen von denen, die Charakter besitzen.

Die Treppe der Unendlichkeit

Zum ersten Male stehen beide auf ihrem gemeinsamen Weg, sie auf der einen Seite, er auf der anderen. Dazwischen liegt eine Treppe, die endlos weit in den Himmel hinaufragt. Alle, die diesen Weg gehen, beschreiben ihn auf eine ganz besondere Art.

Die zwei gehen langsam aufeinander zu, Schritt für Schritt. Beide haben dasselbe Ziel. Der Weg ist bedeckt mit blühenden Blumen. In der Luft liegt der Duft ihrer Haare und der Geruch seiner kräftigen Persönlichkeit.

Sie strecken sich ihre Arme entgegen; erwartungsvoll die erste Berührung. Langsam streicheln sie sich über ihre Finger und Hände, bis sie sich mit glänzenden Augen eng umarmen. Ein unvergesslicher Kuss besiegelt die Gefühle, für immer zusammenzuleben. So stehen beide vor ihrer Treppe der Unendlichkeit.

Sie wissen, dieser Weg ist lang. Ein unbeschreibliches Gefühl kraftvoller Liebe durchschießt ihre Körper. Entschlossen der erste Schritt auf der Treppe, den sie vorsichtig und doch überzeugt gehen, Stufe um Stufe. Jede nehmen sie anders, die einen leichter, andere etwas schwerer.

Ihr geht sie gemeinsam, versprochen in Ewigkeit. In Erinnerung bleibt die vergangene und in Gedanken die kommende Stufe eures gemeinsamen Weges. Er ist nicht immer einfach zu gehen; doch mit Liebe, Vertrauen und Harmonie ist es sehr viel leichter. Wenn euch etwas beschäftigt, teilt es einander mit; denn der Weg ist zu lang. Auch ein kleines Gramm Sorge wird mit der Zeit zu schwer.

Es ist immer einfach, etwas anzufangen, doch um durchzuhalten, bedarf es mehr als nur großer schöner Worte.

Wenn die Zeit gekommen ist, wo das Leben des einen verlöscht, seid stark genug, um weiterzugehen. Die Erinnerung an euer gemeinsames Leben kann euch niemand nehmen. Natürlich gab es bei so viel Sonne auch Schattenseiten. Es auszusprechen und sich zu verzeihen, festigte immer mehr eure Beziehung, und ihr seid die Treppe weiter hinaufgestiegen.
Nun bist du allein. Mit der Kraft, die euch die Liebe schenkte, nimmst du langsam und etwas schwächer den nächsten Schritt. Noch immer fühlst du seinen festen Händedruck, und mit diesem Gefühl und deinem Willen steigst du weiter.

Wenn dann auch die Zeit für dich gekommen ist, wo das Leben auf der Welt sich von dir verabschieden will, dann setze dich. Schau hinab auf den Weg, den ihr zusammen gegangen seid. Ist diese Erinnerung nicht wunderschön?
Wenn du ihn beschreiben würdest, so geschähe es ganz sicher in einer ganz besonderen Art.
Tausende von Stufen, jede mit der Liebe zum nächsten Schritt. Schon bald seid ihr wieder vereint, und geht gemeinsam weiter. Ich wünsche euch, dass dieser Weg auf der Treppe der Unendlichkeit abermals schöner wird, als euch eure Vorstellung darüber je geschenkt hat.

Idriz' letzter Traum

Wir schreiben das dritte Jahrtausend, und noch immer gibt es Kriege.
Ein Palästinenser-Junge namens Idriz versucht, aus seinem Dorf zu flüchten. Doch der endlose Kugelhagel der Feinde kennt kein Ende. Die Stadt ist nur noch eine Häuserkette von Ruinen. Das Haus des Bäckers und der Metzgerleute, wo seid ihr alle hin?
Zwischen Schutt und Steinen liegt der Junge. Seine zerschnittenen Hände schmerzen, und der Rauch brennt in seinen Augen von den feuergefangenen Autos.
Er wünscht sich sehr, dass seine verlorene Heimat eines Tages wieder eine Stadt werde von glücklichen und zufriedenen Menschen. Wie ein geschlagener Hund kriecht er von Schutthaufen zu Schutthaufen. Und immer wieder muss er ansehen, wie sich Männer bekämpfen und sterben.
Warum bekämpft ihr euch? Ist es nur noch die Rache für das nicht mehr rückgängig zu Machende? Mit wem fangt ihr eure Zukunft an, wenn auch eure Kinder fallen?
Idriz will nun endlich heraus aus diesem Schlachtfeld. Er nimmt all seine Kraft zusammen und versucht, hinter den noch übrig gebliebenen Resten des Schulhauses vorbei in den Wald zu gelangen.
Doch als er sich kurz aufrichtet, schlägt eine Granate unmittelbar vor ihm in den Boden ein, die ihn direkt auf die andere Straßenseite wirft.
Tausend kleine Trümmerstücke fliegen umher und bohren sich in seine Haut. Sein ganzer Körper schmerzt, und er ist überströmt von Blut. Neben seinem Kopf liegt schräg an der Hausmauer ein altes Fenster. Idriz versucht, trotz seiner Schmerzen den Kopf zu heben, um seine Wunden sehen zu

können. Doch als er in dieses Fenster sieht, träumt er seinen letzten Traum.
Er sieht seine ganze Familie, vom Großvater bis zu seiner kleinen Schwester, die er sehr vermisst. Sie sitzen alle in dem blühenden Garten der Eltern im Schutze der zwei alten Palmen. Alle essen und trinken, lachen und tanzen.
Für einen kurzen Augenblick hat er keine Schmerzen mehr. Die ganze Familie dreht sich zu Idriz und winkt ihm zu. Ein Lächeln fällt auf sein Gesicht, und er winkt mit letzter Kraft zurück. Der Schuss eines feigen Heckenschützen trifft sein lächelndes Gesicht. Er bricht zusammen und atmet zum letzten Male aus.
Idriz, 12 Jahre, stirbt einsam an der Schulhausmauer ganz nahe der Freiheit.
Und keiner weiß, warum.

Jede Träne voller Hass

Der Glaubenskrieg Macht und Geld

Ist ein ewiges Feuer auf der Welt

Und jede Träne voller Hass

Wird zu einem neuen Pulverfass

Sie verzeihen nichts in ihrer Wut

Doch auch sinnlos vergossenes Blut

Löscht weder das Feuer noch die Glut

Nehmet euch ein Beispiel an der Sonne

Nehmet euch ein Beispiel an der Sonne
Sie spendet Wärme und Licht
Vorurteile, die kennt sie nicht.
Für alle Menschen jeden Tag
Egal aus welchem Land er
Kommen mag.

Über dem Horizont der Welt

Die Bergspitzen sind eingebettet im Wolkenmeer und strecken sich der Sonne entgegen. Unerreichbar der Horizont, dort, wo die Welt sich krümmt. Über ihm das endlose Himmelszelt. Auf diesem Wolkenmeer liegt eine Hängebrücke. Wie schwimmend zieht sie eine Linie.
Wo sie endet? Das weiß nur der alte Mönch, der schon seit Ewigkeiten auf ihr lebt. Seine langen weißen Haare wehen im Winde, wie die Flammen des Feuers. Die stahlblauen Augen sehen das, was wir nicht mehr sehen können oder wollen?
Wie wir doch über allem stehen und Macht über Natur und Tiere besitzen. Wie gedankenlos wir Tiere jagen, quälen, morden, um uns mit ihren Pelzen zu schmücken. Denn Luxus ist der Killer der Tiere, der von den Menschen bezahlt wird.
Ganz alleine auf der weißen Brücke, geht der alte Mönch hin und her. Und er fragt sich jeden Tag: Warum sterben immer mehr wundervolle Arten von Tieren aus. Doch der Mensch ...? Fragt sich das bei euch auch jemand?
In der Melodie des Windes zieht ein wunderschöner Adler seine Kreise. Sein Federkleid ist eines der vielen kreativen Schöpfungen der Natur. Der Mönch bleibt stehen und bewundert dieses Lebewesen, das vom Aussterben bedroht wird. Der Adler kreischt am Himmel; es sieht so aus, als begrüße er den Mönch.
Der weise Mann streckt seinen Arm dem Adler entgegen. Der Schatten seiner Kutte im Winde sieht aus wie die Flügel eines Engels.
Der Adler wendet und setzt sich behutsam auf den Arm des Mönches.
Seine majestätische Haltung ist unübertrefflich. Er dreht nun seinen Kopf, und nun schauen seine schwarzen Augen in die

des Mönches. Dieser wiederum senkt seinen Kopf vor dem Adler, um ihm Respekt und Ehre zu zeigen; denn er ist der König der Lüfte. Mit ein paar kräftigen Flügelschlägen hebt der wunderschöne Adler ab und zieht in den Himmel.
Zwei Lebewesen, Mensch und Tier, die noch so großen Respekt voneinander haben, gibt es nur noch über dem Horizont der Welt.

Zum Herzen der Erde

Die letzten Wolken ziehen vorbei wie eine einsame Schafherde,
begleitet von den Sternen, die die Nacht wie mit Diamantenstaub zieren.
In der Stille der Dunkelheit ist das Zirpen der Grillen unser leiser Begleiter. Es sind einsame Klänge der Nacht.
In diesem Schauspiel der Abendstimmung weht süßer Duft im Winde mit. Eine Träne fällt aus meinen Augen aus Liebe zur Natur. Sie gleitet über einen Grashalm langsam hinab und legt sich auf die trockene Erde. Sie sickert durch den Staub über die Wurzel einer Rose, die zum Dank ihren Kopf hebt. Tiefer und tiefer reist meine Träne zu der Kraft, die uns zusammenhält, zum Herzen der Erde. Meine Gefühle, die diese Träne auf ihrer Reise begleitet haben, wünschen sich nur, dass dieses Herz noch lange die Kraft hat, für uns zu schlagen.

Aus Licht wird Leben, aus Leben wird Licht

Aus Licht wird Leben, aus Leben wird Licht.

Nimm die Kraft, die es schafft, Gutes zu tun
ohne Ehre, ohne Ruhm.
Schenke den Menschen ein wenig Glück,
denn es kommt wieder zu dir zurück.

Dein Lächeln ist ein Sonnenschein und
kann dein ganz persönlicher Reichtum sein.
Materieller Überfluss ist nicht das Glück allein.

Vergiss nie, dass Gott dich liebt, schön, dass es dich gibt.
Und ob du nun an was glaubst oder nicht:
Auch du schenkst der Welt dein Licht.

Aus Licht wird Leben, aus Leben wird Licht.

Auf Wolke drei

Alleine sitze ich auf Wolke drei und frage mich, wie der Liebeskummer da unten sei.
Ganz leise schwebt an mir vorbei
die Hübsche auf Wolke zwei.
Kurz darauf, auf Wolke vier,
senden zwei blonde Engel Liebesgrüße mir.
Hallo wie geht's, frage ich mal eben,
doch Antwort wollen sie mir keine geben, die drei von Wolke sieben.
Mein Herz pocht und lacht,
denn schon bald kommt die Brünette von Wolke acht.
Ich hab so sehr an sie gedacht,
die das Feuer in meinem Herzen entfacht,
denn schon bald werde ich mit ihr gehen.
Doch was muss ich leider sehen:
Sie steht nicht allein auf Wolke acht
und hat mich nicht einmal angelacht
Verliebt lässt sie mich auf meiner Wolke stehen
und zieht mit einem fremden Lümmel in den siebten Himmel.
Meine Träume, vom Wind verweht, der Tag vergeht.
Und noch immer sitz ich allein auf Wolke drei,
doch ich frage nicht mehr,
wie der Liebeskummer da unten sei.

Das Licht der Sonnenblume

Eine Möwe fliegt durch den blauen Himmel an den dunklen Wolken vorbei. Aus der Ferne einige Blitze. Sie segelt hinab, auf einen Acker zu. Ein alter Bauer schiebt seinen Pflug mit zitternden Händen, und ein müdes Pferd zieht mit letzter Kraft.

Sie kämpfen sich durch die nasse, fast sumpfige Erde. Es waren zu viele Herbstregen diesen Monat, und die Erde nimmt kein Wasser mehr auf. Der Bauer sieht die Möwe auf sich zu fliegen und zieht die Zügel an. Mit dem Pferd und seinem Pflug bleibt er mitten im Acker stehen. Er lauscht dem Kreischen und wundert sich über die Möwe über dem Festland.

Um sie herum nichts als Acker, der noch gepflügt werden muss. Doch die Möwe fasziniert ihn zu sehr. Ein kleines Bauernhaus, welches der Bauer allein mit seinem Hunde bewohnt, steht nicht weit vom Acker entfernt. Aus dem Kamin zieht eine kleine weiße Wolke.

Die Möwe zieht ihre Kreise. Laub fällt von den Bäumen, und der Bauer arbeitet weiter auf seinem Acker. Die Wolken werden dunkler, und es wird kälter. Die Anstrengungen sind dem Bauern anzusehen. Seine Hände sind wund und die Schmerzen in sein Gesicht geschrieben.

Da plötzlich lässt die Möwe Kerne aus dem Schnabel fallen, einen nach dem andern. Mit regelmäßigen Abständen fallen sie in die umliegenden Felder. Ein starker Wind beginnt zu wehen, die Wolken reißen auf, der Himmel wird blau. Am Ackerrand wachsen Sonnenblumen, eine nach der anderen.

Sie strecken sich dem Himmel entgegen; dann neigen alle den Kopf hinab zum Bauern und seinem Pferd. Der Kern der Sonnenblumen beginnt hell zu leuchten, und der Bauer spürt ein wärmendes Licht. Tränen funkeln in seinen Augen, ein Lächeln setzt sich auf sein Gesicht. Wie angewurzelt steht er in seinem Acker und sieht staunend zu den Sonnenblumen empor. Die Erde trocknet rasch, ruckartig zieht das Pferd an und es pflügt sich fast von alleine. Noch immer begleitet ihn die Möwe, als fragte sie: „Na, Bauer, geht es jetzt besser?"

Er küsst seine Hand und schenkt sie winkend der Möwe. „Vielen Dank, du seltsamer Vogel", ruft er ihr nach.
Mit einer neuen Lebensfreude und Kraft arbeitet sich der Bauer durch den Acker. Die Furchen werden immer länger. Das Feld ist jetzt schon über die Hälfte gepflügt. Der Bauer und das Pferd genießen das Licht und die Wärme, die von den Sonnenblumen her hinab auf den Acker scheinen. Ein Reh mit seinem Kinde sehen dem Bauern und seinem Pferd zu. Die Wiesen sind feucht und kalt, doch der Bauer pflügt einen trockenen Acker.
Die Bäume werden kahler, und der Himmel wird zur Nacht. Das Abendrot in den dunklen Wolken ziert mit traumhaften Farben das Himmelszelt, doch der große Acker leuchtet in einem angenehmen Licht.

Als der Bauer fertig mit pflügen ist, beginnt es wieder zu regnen. Doch das kümmert ihn wenig. Er stellt den Pflug an den Ackerrand, pflückt sich eine Sonnenblume und spaziert mit seinem Pferd auf dem alten Wege durch den Regen zurück. Der Hund springt bellend um ihn herum und wedelt mit seiner Rute.

Das Pferd stellt er in den Stall, trocknet und füttert es. Danach zieht auch der Bauer sich zurück.

Er steht an seinem alten Holztisch in der Küche, wo das Holz im Kamin knistert und wo die große Suppenkelle langsam im Topf versinkt. Er sieht durch ein Fenster suchend nach diesem seltsamen Vogel. Die Sonnenblume stellt er in eine Vase auf den alten Holztisch am Fenster, noch kurz setzt er sich dazu und bewundert sie.

Als die Möwe durch die dunklen Wolken Richtung rotem Himmel zieht, sieht man noch bis spät in die Nacht das sanfte Licht der Sonnenblume, das aus dem kleinen Fenster des Bauernhauses auf dem alten Holztisch leuchtet.

Hinter dem alten Holztor

Als Baby halten dich deine Eltern in den Armen, wie auf Wolken beginnst du zu leben.
Dein erstes Lächeln, die ersten Worte, der erste Schritt, das Nehmen und Geben, langsam bringen sie es dir bei. Doch schon bald bist du ein kleines Kind und fühlst dich auf dem Spielplatz richtig wohl. Wie doch die Zeit vergeht!
Als Kleinkind willst du alles entdecken, fremde Kinder werden zu deinen Freunden. Was gibt es Neues auf der Straße? Denn da muss das Leben sein, denkst du dir. Was hast du noch nicht gesehen? Zur gleichen Zeit willst du überall sein. Hoffentlich entgeht dir nichts. Die Schule ist ein neuer Start in deinem Leben; das Lernen entscheidet über dein Ziel. Du willst mehr. Alles kannst du erreichen, doch nicht alle Straßen sind eben.
Später stutzen das Berufsleben und der Alltag deine Flügel. Fliegen ist nicht immer leicht, doch mit der Zeit lernst auch du es wieder. Dein Durst nach Wissen ist noch nicht gestillt?
Zu neuen Lebensabschnitten verändert sich deine Einstellung zu so vielem, was dir bisher selbstverständlich erschien. Du stehst inmitten des Lebens.
Schon bald gehst du nicht mehr allein durch die Welt. Die Liebe zieht auch dich in ihren Bann. Eine Freundschaft wird zur Partnerschaft, und mit der Liebe schmilzt sie zu einer festen Bindung. Du segelst in den Hafen der Ehe und beginnst wieder mit dem, was du mit der Zeit verloren hattest.
Nun erneut musst du auf jemanden Rücksicht nehmen; und wie als kleines Kind lernt man wieder auf eine andere Art das Nehmen und Geben. Die Liebe schenkt dir so viel. Treten Kinder in dein Leben, wirst du sehr schnell merken, wie man sich wieder an den kleinen Dingen erfreuen kann, an denen du täglich vorbeiliefst. Und bis

ins hohe Alter bleibst du in deinem Herzen jung, weil du für deine Kinder nie älter wirst.

Beginnt dein Körper mit dir zu sprechen, weil du dich der Illusion hingibst, nie alt zu werden, beginnst du deine Füße ins weiche Moos zu betten und gehst langsamer und schonender deines Weges.
Mit deiner Lebenserfahrung und Reife beginnst du dein Leben zu genießen und erfreust dich an allem, was du erreicht hast. So nimmst du auch alles um dich herum bewusster wahr.
Dann fühlst du es: Es ist Zeit für dich. Den Duft der Natur atmest du tief in deine Lungen. Vögel singen das Lied der Ewigkeit, alleine die Wiesen und du. Die aufgehende Sonne glitzert, und der Fluss spiegelt sich in deinen Augen. Die Blätter fliegen nach irgendwohin, und du? Auf dem Wege zu ihm, durch so viele Wiesen zum Ende, dort wo der Anfang beginnt.
Stunde um Stunde ein wenig näher dem Ziel entgegen. Hast du dein Leben genossen?
Ganz klein stehst du vor ihm. Ob arm oder reich, du gehst ganz einfach nur als Mensch. Dein Atem so leise, dass du zum letzten Male deinen Herzschlag spüren kannst. Du lässt dein Leben Revue passieren; denn so vieles ist dir widerfahren.
Doch es gibt nichts, was ewig hält.
Eine sanfte Brise fordert dich auf, weiterzugehen. Und die Zeit steht still. Keinen Grashalm fühlst du mehr unter deinen Füßen.
Du umarmst den Himmel, und nimmst die Wolken in deine Hände.
Du gehst einem hellen Licht entgegen, deine Seele ist frei.
Hinter dem alten Holztor, da wo der Himmel beginnt, wirst du nun für ewig zu Hause sein.

Mein Baum im Winter

Die Blätter wirbeln hilflos durch die Luft, die mein Baum nicht mehr halten kann. Sie liegen überall auf der Wiese, den Straßen und auf deinen großen Wurzeln, die aus der Erde wachsen.
Nackt im kalten Wind stehst du da. Die Kälte friert deine Äste ein. Wenn ich dich so ansehe, habe ich das Gefühl, dein Herz verlöscht und du stirbst.
Aber nein! Du atmest für uns, und dein Leben ist sehr wertvoll. Deine Wurzeln halten dich in der Erde fest. Du bist Leben!
Der Himmel wird blass, wie kleine Fäden legen sich die ersten Schneeflocken zusammen, und die Wolken schneidern dir ein Winterkleid. Da ist es!
Kalt und ohne Muster liegt es auf meinem Baum. Hast du noch die Kraft, dieses schwere Kleid zu tragen? Ich hoffe es.
Sieht dein Baum auch so aus? Nicht alle Menschen denken so über dich.
Du schenkst ihnen Freude mit frischen Früchten, spendest Schatten in der großen Hitze, und die Kinder spielen gerne auf dir.
Sagen sie dir auch danke dafür?
Aber warum denn? Du bist ja nur ein Baum.

Kleine Schneeflocke

Mit dem Winter kommst auch du
Leise fällst du vom Himmel, deckst die Erde zu
Wundervoll glänzt du im Mond- und Sonnenlicht
Wärme, die verträgst du nicht
Mit Absperrungen will man dich in Ruhe lassen
Doch wird das irgendeinem Ski- oder Snowboard-Fahrer gar nicht passen
So fordern sie dich auf zum Duell
Dann geht es ziemlich schnell
Mit ihm reißt dein Gewicht vom Berg ins Tal
Und du wirst erbarmungslos brutal
Die kleine Schneeflocke, die zur Lawine wird
Wo später, suchend nach dir, Mensch und Hund
im tiefen Schnee umherirrt.
Ist es denn das wirklich wert?
Für einen Zwanzig-Sekunden-Kick
wirfst du dein Leben weg
Frage dich bitte, warum?
Dies vor- und nicht nachher
Denn so hast du auch von deinem Leben mehr.

Das Fenster zum Himmel

Du ermöglichst uns, in die Weite zu sehen, uns frei wie ein Vogel zu fühlen
Alles wird mit der Kraft der Liebe bestehen, noch so vieles wird deine Gefühle berühren
Und öffnet sich ein Fenster zum Himmel irgendwo von allein
Dann muss das auch so sein
Jetzt ruft er dich zu sich; denn es ist Zeit für dich
Weil wer, was oder wie alt du bist, kein Grund dafür ist
Ich lasse dich los, keine Frage wird mehr gestellt, bin fassungslos und sehe in den Himmel über unserer Welt
Erst jetzt gebe ich langsam auf und lasse dem Schicksal seinen Lauf
Irgendwann verlassen wir alle mit unserer Liebe diese Welt
Dann glitzern wir irgendwo am Himmelszelt
Wenn der Horizont der Welt erst an den Sternen hält
Dann sind wir der Ewigkeit ganz nah
Bist du da?
In der Nacht als Stern oder am Tag als Sonnenschein
Lassen wir euch auf diese Art nie allein.
Deshalb vergesst es nicht, durch das Fenster zum Himmel scheint Licht.

Babu

Leise summen die Bienen, und die Grillen zirpen an dem langen Fluss, der durch den tropischen Wald seine Kurven zieht.
Das Wasser spiegelt sich in den alten Bäumen, die ihre schweren Äste wie starke Arme beschützend über den Fluss strecken. Auf ihnen sitzen viele Kinder, und die ersten Sonnenstrahlen wärmen ihre Gesichter.
Der Tau zieht am Ufer empor, kleine Blätter fallen ins Wasser und bilden Wellen, auf denen sie davonschwimmen. An den Ufern stehen Strohhütten, die von verlassenen Kindern bewohnt werden. Kinder, die von ihren Eltern alleine gelassen wurden. Die alten Einwohner des Dorfes kümmern sich so gut sie können um die kleinen Waisen, von denen es so viele in der Welt gibt. Und sie wünschen sich, dass alle Kinder am nächsten Tage wieder aufwachen, um Babu zu sehen und zu hören.
Babu ist ein alter Mann, der mit seinem Floß aus Baumstämmen singend den Fluss hinausschwimmt. Alle winken und lachen ihm zu. Sie wissen, es gibt immer etwas zu essen und interessante Geschichten zu hören.
Den Gesang hören nur die Kinder.
Es ist Zeit für Babu, er steht auf seinem Floß, und schwimmt gegen den Strom unter den Bäumen hindurch. Alle Kinder sind versammelt. Das Lachen auf den Bäumen verstummt, als er zu singen beginnt. Seine Lieder sind Geschichten aus dem Leben der anderen Seite der Welt.
Aufmerksam lauschen alle Kinderohren Babus Stimme.
Heute ist es die Geschichte der Menschen, die nur an sich denken und ein riesiges Problem haben, wenn das Brot zum Frühstück nicht mehr so frisch ist.

Ihre Augen und die nachdenklichen Gesichter glänzen im Sonnenschein.
Nachdem Babu zu Ende gesungen hat, legt er viele große Blätter in den Fluss und füllt sie mit Reis. Es ist nicht viel, doch es kann das Leben des einen oder anderen Kindes um einen oder mehrere Tage verlängern.
Nun sitzen sie alle am Flussufer und essen dankend den Reis aus den Blättern. Sie verabschieden sich von Babu, bevor er weiter auf seinem Floß den Fluss hinaufschwimmt, streichelt er den Kleinen noch liebevoll über die Köpfe.
Jahre vergehen, und immer neue Kinder lauschen Babus Gesang. Doch nicht alle können sie zu Ende hören, weil sie zu schwach sind und ihre Herzen nicht mehr die Kraft haben, weiterzuschlagen. Als Babu eines Tages wieder unter den alten Bäumen auf seinem Floß vorbeischwimmt, sieht er einen jungen Mann am Ufer stehen.
Es ist ein lieber Freund, den er seit vielen Jahren nicht mehr gesehen hatte.
„Es ist schön, dass du da bist", sagt Babu.
„Ich hatte einen sehr ereignisreichen, langen Weg bis hierher", entgegnet der junge Mann. „Und letzte Nacht hatte ich einen seltsamen Traum: Du hast mich auf deinem Floß mitgenommen, aber am Schluss war ich ganz allein", sagt der junge Mann. „Was ist daran seltsam?", fragt Babu.
„Die Kinder auf den Bäumen rufen mich, Babu", antwortet er und wischt sich die Schweißtropfen von der Stirn.
„Das ist richtig", entgegnet Babu. „Gestern war die Nacht des roten Mondes, und meine Seele hat deinen Traum berührt. Das bedeutet, meine Seele möchte weiterziehen. Es ist Zeit, mich auf die Reise in die Ewigkeit zu machen. Ich bin schon zu alt und langsam zu schwach, um so lange auf dem Floß zu stehen. Unsere Kinder brauchen einen neuen Babu. Du warst mir schon als kleiner Junge immer sehr positiv aufgefallen.

Du hast deinen Reis immer mit den anderen geteilt, obschon du noch Hunger hattest. Du wirst ein sehr guter Nachfolger sein", fügt Babu mit ruhiger Stimme hinzu.
„Glaubst du, dass ich das kann?", stottert der junge Mann.
„Dein Herz ist rein und gut, und ich fühle, dass du es bist, dass du der neue Babu sein wirst. Schenke unseren Kindern einen Tag voller Hoffnung, damit sie um ihr Leben kämpfen und die Natur in ihrer einzigartigen Schönheit beschützen, für die Zukunft der Welt und ihre eigene.
Wenn das dritte Mal der Mond die Farbe Rot annimmt, werden wir gemeinsam auf dem Floß stehen und den Fluss hinauffahren.
Sobald die Nachtigall mein Lied pfeift, verlasse ich das Floß, und mein Körper wird wie Eis im Wasser schmelzen. Meine Seele schwebt durch das Tor des Himmels in die Ewigkeit, und du wirst Babu sein."
Beide verabschieden sich voneinander so wie die Sonne von den Kindern, langsam und voller Wärme.
Die Zeit vergeht, so auch die des alten Babu. Er hat noch viele Geschichten gesungen und die Kinder mit Nahrung versorgt.
Und dann wird langsam der Mond zum dritten Male rot. Das Lied der Nachtigall hallt wunderschön durch die leeren Bäume am ruhigen Flussufer. Das rote Mondlicht spiegelt sich in den kleinen Wellen.
Stromaufwärts schwimmen Babu und sein Freund auf dem Floß stehend, mit geschlossenen Augen die Hände an ihren Herzen.
„Wir werden uns für immer fühlen und leben, wahre Träume sind die Inhalte der Lieder. Unsere ganze Liebe gehört den Kindern, die es nicht verdienen, so leben zu müssen. Schenken wir ihnen Kraft und Hoffnung auf eine glückliche Zukunft", sagt der alte Babu mit fast meditativer Stimme.

Dann steigt er langsam vom Floß, Flammen und weißer Rauch umhüllen ihn, die Hand noch immer auf seinem Herzen, und er schmilzt wie Eis. Langsam tragen ihn die Wellen davon.
Lächelnd sagt der alte Babu:
„Leb wohl, Babu; mein Leib wird zu Wasser, damit ihr nicht dürstet. Mein Herz wird zu Feuer, es schenkt euch Wärme und Licht, und meine Seele zieht in die Ewigkeit, sie gehört dem Himmel.
Singe von ganzem Herzen, singe!" Dann verlöscht das Feuer auf dem Fluss, und das Rot des Mondes wurde weiß.
Wo der alte Babu das Floß verlassen hatte, wächst heute am Ufer ein Baum, einer, der eines Tages starke
Äste haben wird, auf denen wieder viele Kinder sitzen können. Und er weiß, am nächsten Tag, wenn der junge Babu auf seinem Floß den Fluss hinausschwimmt, er neue Lieder singt, dass alle Kinder auf ihn warten, ihm zuhören und ein großes Blatt Reis bekommen werden, so lange, bis es wieder Zeit ist, dass die Seele von Babu einen Traum berührt und der Mond sich zum dritten Male rot färbt.

Im Schatten der Großstadtlichter

Ich grüßte sie,
doch sie hörten mich nicht.
Ich lächelte,
doch sie sahen mich nicht.
Ich öffnete ihnen die Tür,
doch keiner dankte mir dafür.
So war ich in dieser Menschenmenge doch allein.
Im Schatten der Großstadtlichter
bemerkte niemand den kleinen Dichter.
Später begegnete ich einer Familie auf dem Land,
auch sie grüßte ich und winkte mit der Hand.
Ganz freundlich kam der Gruß zurück,
und ein kleines Gefühl von Glück.
Ein Lächeln legte sich auf mein Gesicht,
und hinter mir entfernte sich das Großstadtlicht.

Unser Sohn

Unser einziger und allerliebster Sohn
Wir setzten dich gerne auf einen Thron
Doch gibt es Wertvolleres auf dieser Welt
Als Materielles und das Geld
Denn das, was wir in unserem Herzen tragen
Sind sehr viele wertvolle Gaben
Wir haben viel geweint, gelacht
Bedacht und nachgedacht
Unsere ganze Liebe werden wir dir schenken
Und versuchen, dich auf gute Wege zu lenken
Doch fahren musst du allein
denn nicht immer werden wir bei dir sein
Nun willst du gehen, auf deinen eigenen Beinen stehen
So brauchst du ein wenig Mut
Wir wissen, du machst es gut
Und ist die Zeit für uns gekommen
Wo das Alter den Höhepunkt des Lebens erklommen
Dann ziehn unsere Seelen in den Himmel, Richtung Sonnenschein
Und wir werden für immer deine Schutzengel sein.

Deine Eltern

Tim

In einem unscheinbaren Dörfchen am Waldesrand stand das Elternhaus einer kleinen Familie mit einem Jungen namens Tim. Er war ein Einzelkind und wurde von seinen Eltern auf Händen getragen. Tim war ein Wunschkind, doch die Eltern wollten berufstätig bleiben. Mit auserlesenen Kinderhort-Krippen und speziell geschultem Kindermädchen wollten sie die schlechten Einflüsse von außen so lange wie möglich von Tim fern halten.

Doch ist es denn wirklich das Beste, wenn man seinem Kind nur den Sonnenschein des Lebens ohne Schatten zeigen will?

Die Zeit verging, und Tim war wirklich ein glücklicher Junge; denn außer Sonnenschein kannte er nichts anderes. Täglich brachten seine Eltern ihn ins Bett und am nächsten Morgen in den Hort. Als Tim in eine Privatschule kam, war nach dem Unterricht immer ein Kindermädchen zur Stelle.

Eines Tages beim Spielen im Garten des Hauses flog sein Ball in den nahe gelegenen Wald. Das Kindermädchen war mit ihrem Telefon beschäftigt und konnte deshalb Tim nicht rufen hören.
„Was soll ich jetzt tun?", dachte er. Seine Eltern hatten ihm verboten, in den Wald zu gehen. Doch er wollte weiterspielen. So nahm er seinen ganzen Mut zusammen und lief in den Wald. Als er in dieser fremden Umgebung stand, wurde es ihm ganz flau im Magen.
„Geradeaus, immer geradeaus", hörte er eine seltsame Stimme. Obschon er Angst hatte, lief er der Stimme nach, tief in den

Wald hinein. Auf dem Wege zu dieser seltsamen Stimme sah Tim zwei Männer, die sich sehr heftig anschrien. Er erschrak dermaßen, dass er sich hinter einem Baum versteckte. Tränen stiegen in seine Augen; denn so etwas hatte er noch nie gehört. Sehr schnell setzte er dann seinen Weg fort. Kurz darauf sah er zwei Jugendliche, die sich prügelten. So viel er verstanden hatte, ging es um Streichhölzer. Ganz verwirrt lief er weiter. Plötzlich stand er in einer Waldlichtung. Ein Licht ließ vor ihm einen alten riesigen Baum hell erscheinen. Es war der Baum des wahren Lebens.

An diesem Ort stellte sich Tim immer wieder die Frage: „Warum haben die sich so angeschrien, und andere haben sich sogar geschlagen, ich glaube, wegen eines Streichholzes?" Tim war ganz außer sich und verstand die Welt nicht mehr.

„Tim, komm zu mir, Tim!", ertönte eine dumpfe Stimme. Wie angewurzelt blieb er vor einem eindrucksvollen Baum stehen und fragte mit schüchterner Stimme:

„Wer bist du, und wo bist du?"

„Ich bin es, der Baum, der vor dir steht, ich bin der Baum des wahren Lebens."

Tims Blick glitt von der Wurzel bis zur fast unendlich hohen Baumkrone hinauf.

„Du Baum sprichst mit mir?", fragte Tim ihn mit großen Augen.

„Ich lebe schon viele Jahrhunderte hier. Und ich habe schon sehr vieles erleben können; auch das, was du auf diesem Wege gesehen hast!"

„Woher weißt du, wie ich heiße?", fragte Tim den Baum.

„Mir ist keiner fremd. Du bist Leben, und alles, was lebt, kenne ich! Hast du deinen Ball gefunden?", fragte der Baum.

„Nein, hast du ihn gesehen?", fragte Tim ganz schnell zurück.

„Ich weiß, wo er ist. Doch bevor ich es dir verrate, möchte ich dir erst noch etwas erzählen über das wirkliche Leben."
„Aber ich dürfte gar nicht hier sein, mein Kindermädchen sucht mich sicher schon", unterbrach Tim den Baum.
„Ich sehe dein Kindermädchen, sie hat noch viel mit ihrem Freund zu besprechen."
„Wie willst du das wissen?", fragte ihn der Junge ganz nervös.
„Ich kenne auch dein Kindermädchen", beruhigte ihn der Baum.
„Bitte, setze dich doch, Tim."
Folgsam erfüllte dieser die Bitte des Baumes. Mitten in der Lichtung saß er, vor ihm der riesige Baum, und er hörte ihm ganz aufmerksam zu.
„Nun, du hast ein wundervolles Zuhause, und deine Eltern sind sehr lieb zu dir. Doch es ist nicht immer überall so liebevoll wie bei dir daheim. Auf der ganzen Welt gibt es so viele Menschen, und das heißt Gewalt, Kriege, Schlägereien, Hunger und leider zu viel Not.
Verstehst du, was ich meine, Tim?"; fragte der Baum und Tim hob nur seine Schultern und sagte: „Nein!"
„Du hast dich gefragt, warum sich die beiden Männer so angeschrien haben! Schreien ist ein Zeichen von Schwäche. Viele Menschen haben das Gefühl, wenn sie schreien, höre man ihnen eher zu oder anerkenne sie mehr. Und zu viele glauben, wenn sie es nett sagen, werden sie nicht ernst genommen. Doch weißt du, Tim, es gibt auch viele Menschen, die nicht zuhören wollen, die in Gedanken weit weg sind. Miteinander diskutieren macht nur Spaß, wenn die Ohren eingeschaltet sind. Und die muss man zuerst wie ein Radio auf Empfang stellen."
„Ich habe meine Radioohren eingeschaltet", sagte plötzlich Tim ganz stolz.

„Danke, dass du mir so aufmerksam zuhörst", antwortete der Baum und erzählte weiter.
„Du hast dich gefragt, warum die Menschen sich schlagen. Das ist der nächste Schritt. Wenn sie nicht mehr miteinander sprechen wollen, glauben sie es durch Schläge erreichen zu können. Leider gibt es auf der Welt zu viele Menschen, die diese Gewalt ausüben. Weißt du, die Menschen schlagen mit ihren Waffen, seien es Hände oder Worte. Du kannst zum Beispiel deinen Freund mit Worten schlagen. Und dieser Schmerz tut, je nachdem, sehr weh; denn auch Gefühle kann man verletzen.
Auch du wirst vielleicht eines Tages diese Erfahrung machen. Ich wünschte, das Leben könnte so schön sein wie bei dir zu Hause. Doch das ist leider eine Illusion. Deinen Optimismus und dein Lachen, verliere es bitte nicht; denn damit geht es leichter, Schwierigkeiten in den Griff zu bekommen. Ich bin sehr froh, Tim, dass ich dir endlich sagen konnte, was ich schon lange wollte; denn das ist das wahre Leben."
„Das ist aber viel, was ich mir merken muss", meinte Tim.
„Wenn du älter wirst, werden wir uns vielleicht noch einmal sehen. Dann lassen wir unsere Gedanken und Herzen miteinander sprechen, und ich verspreche dir, du wirst eine Antwort bekommen. Passe gut auf dich auf, du wirst den richtigen Weg finden."
Tim stand auf und dankte dem Baum für diese wertvollen Ratschläge.
„Das habe ich gerne getan, Tim, und vielen Dank fürs Zuhören", sagte der Baum.
Bevor Tim noch fragen konnte, wo sein Ball war, rollte sein vermisstes Spielzeug hinter einem Gebüsch hervor.
So drehte Tim sich um und fragte den Baum noch: „Und wie komme ich jetzt nach Hause?"
„Folge diesem Licht, und schon bald wirst du daheim sein."

Das waren die letzten Worte, die Tim von diesem besonderen Baum hörte.

Er folgte diesem Licht bis zum Waldesrand.

Nach kurzer Zeit schon sah er sein Elternhaus. Noch immer saß sein Kindermädchen am Telefon, so wie der Baum erzählt hatte. Erleichtert stand er am Gartenzaun und sah, wie sich das Licht entfernte. Mit bewegten Gefühlen dachte er sehr oft an die Worte seines speziellen Freundes, dem Baum vom wahren Leben. Und er wünschte sich, dass es in jedem Wald einen solchen Baum gäbe.

Was Tim jedoch noch nicht wusste, war, dass Bäume des Lebens geschlagen, gefällt und zerstört werden, weil noch zu viele Menschen nicht zuhören können.

Der Schäfer am Waldesrand

Ein Rauschen von den Bäumen. Blätter schneit es vom Walde her.
Alle kennen ihn, doch niemand besucht den Schäfer am Waldesrand.
Ein neuer Tag, es ist Frühling.
Der Himmel beginnt sich zu färben. Rot, violett, blau, gelb. Es ist das Farbenspiel der Sonne. Von der Ferne hörst du die Glocken der kleinen Kapelle auf dem Hügel, begleitet von den Stimmen der Schafe und des Schäfers Hund.
Eines Tages trifft der Schäfer einen jungen Mann am Waldesrand, der einen sehr traurigen Eindruck macht. Mit seinen Gedanken scheint er ganz weit weg zu sein. Er bemerkt den Schäfer gar nicht, sitzt nur da, mit einem verwelkten Blumenstrauß in der Hand. Behutsam legt der Schäfer seine Hand auf die Schulter des Mannes und fragt mit ruhiger Stimme:
„Was fehlt dir, mein Junge? Wenn du möchtest, dann sprich mit mir."
Langsam hebt der Mann den Kopf. Seine Augen folgen der Gestalt von den Füßen aufwärts bis in die braunen Augen des Schäfers. Sein verweintes Gesicht trocknet in der kühlen Luft am Waldesrand.
„Ach Schäfer, du hast es gut", sagt der junge Mann. „Du bist immer unterwegs mit deinen Schafen und deinem treuen Hund."
„Auch ich fühle mich ab und zu alleine", sagt der Schäfer. „Dann setze ich mich zu meinen Schafen und rede mit ihnen.
Keiner kann mir so gut zuhören wie meine Schafe. Manchmal glaube ich sogar, dass sie mich verstehen."

„Aber die Schafe geben dir ja nie Antwort", meint der junge Mann.
„ Nicht, wenn du ein bisschen Phantasie im Herzen hast", erwidert der Schäfer.
„Ich verlor schon sehr früh meine Ehefrau", erzählt der junge Mann. „Sie war noch so jung, voller Lebensfreude. Das Einzige, was mir blieb, sind Erinnerungen und dieser Blumenstrauß, den ich ihr noch schenken wollte. Doch immer weniger erinnere ich mich an so viele Dinge, die wir gemeinsam unternommen haben."
Zu dem der Schäfer zum jungen Mann sagt: „Sei ganz entspannt und lass die Phantasie aus deinem Herzen sprechen", so nimmt er ihm den Blumenstrauß ab und legt ihn behutsam auf die Wiese. Der Morgentau steigt auf, und im Nebel erscheint eine junge Frau. Der Schäfer hält ihr den Blumenstrauß entgegen, der ganz plötzlich in den schönsten Farben erblüht.
Fassungslos steht der Mann auf und sagt: „Das kann nicht sein!"
Da zieht eine leise Stimme an ihm vorbei: „Halte mich fest, mein Liebster. Ich wäre ja so gerne bei dir geblieben, doch bin ich noch für anderes bestimmt."
Ganz stark hält er die Liebe fest, die so sehr in seinem Herzen schlägt. „Lieber Gott, gib sie mir zurück, bitte!", fleht der junge Mann. „Vergiss nicht, mein Junge, was du jetzt in deinen Armen hältst, schenkt dir dein Herz." Die junge Frau verflüchtigt sich wieder im Morgentau.
„Sie lebt weiter bei dir nicht als Wesen, sondern für immer als ein Teil von dir in deinem Herzen. Sie ist sehr glücklich da, wo sie jetzt ist, und dein Leben geht weiter. Um ein Stück vergangenes Glück in deinen Armen zu halten, denke nur an sie und genieße die Augenblicke deines Herzens. Eines Tages wirst du wieder jemanden kennen lernen", hört er noch den Schäfer sagen.

Als er sich bei ihm bedanken will für diesen wunderschönen Moment, ist von den Schafen und ihrem Hirten nichts mehr zu sehen. Ganz plötzlich scheint die Sonne durch die Wolken auf die Wiese, wo der junge Mann steht. Und um ihn herum ein Blütenmeer der gleichen Blumen, vom letzten Blumenstrauß seiner verstorbenen Frau.